Once Upon a Time in Oromiya

Sheekko Sheekko

An Oromo folktale, retold by

Lina Abdulaya

and written in English and illustrated by

Janet Curiel.

Oromo translation written by Lina Abdulaya,

with help from Ararso Mahamadi.

AuthorHouse™
1663 Liberty Drive
Bloomington, IN 47403
www.authorhouse.com
Phone: 1-800-839-8640

First published by AuthorHouse: 07/20/2011

ISBN: 978-1-4567-6540-8 (sc)

Library of Congress Control Number: 2011907559

Printed in the United States of America

Any people depicted in stock imagery provided by Thinkstock are models,
and such images are being used for illustrative purposes only.
Certain stock imagery © Thinkstock.

This book is printed on acid-free paper.

Because of the dynamic nature of the Internet, any web addresses or links contained in this book may have changed
since publication and may no longer be valid. The views expressed in this work are solely those of the author and do not
necessarily reflect the views of the publisher, and the publisher hereby disclaims any responsibility for them.

authorHOUSE®

Dedication

This book is dedicated to Nahilii and her Mommy

Sheekkoon tun kan gum aach eef Nahilii fi Ummaa isii

I would like to thank Ararso Mahamadi and Janet Curiel for helping me complete this book. Without them this wouldn't be possible.

Lina Abdulaya

In Oromiya we don't have babies' books. My Mommy tell me a story. She say, "Sheko Sheko..." and I have to say "Sheko Hariro? (What's next?)" This is a story my mommy told me.

Nuti biyya teenya oromiyaatti kitaaba joollee hinqabnu bar.Duuba Haati tiyya afaanumaan sheekkoo naaf himti. Hoggaa sheekkoo naa himtu "sheekko sheekko"naan jetti. Aniis sheekko hariiroo jalaa ja'a. Gaaf tokko sheekkoo itti aantu tana naaf himte:

1

There was once an old man who lived with his only son and his son's wife and two young sons. This old man was very rich and had a big store, where he and his son had worked together for many years. His wife had died many years before and now he was very old and sick.

Gaafa dur jaarsa tokko jira ja'an. Jaarsi kun isaa,ilma isaa, jaarti ilma isaati fi joollee ilma isaa tan dhiiraa lamaatu wajii jiraata. Jaarsi kun tujjaara dukkaana guddaa qaba. Dukkaana kana isaa fi ilma isaattu wajji dalaga. Jaartiin isaa bara dheera dura irraa duute.

He called his son to him and said, "My son, I tell you something. If someone comes to you after I die and says 'Your Daddy owes me money,' give them what they ask you." His son promised his father that he would do this for him.

Gaafa tokko heddu dhukkubsateeti ilma isaa yaame. yaa ilma kiyya koottu wahiin sitti dhaammadha je'een. Gaafan ani du'e yoo namni dhufee abbaa keetirraa maallaqa qabna siin ja'an waan isaan siin ja'an kenniif" je'een .

There was a man in the backyard of his house who was listening. He said to himself, "When this man is dead, I will come and get this money from him."

Hoggaa kana namicha tokko mana duuba dhaabbatee caqasuu ture. Namichi kun akki ifiin je'e gaafa jaarsi kun du'e ilma isaa bira dhufeetiin abbaa keetirraa maallaqaan qaba je'eeni irraa furadha. Yeroo xiqqoo booda jarsi kun ni du'e.

A few days later, the old man died. After one or two days, the man who had heard their conversation came to his house. "Sorry your Daddy died," he said. "But I have to tell you something. Your Daddy owes me money. What can we do?" The son said, "Okay. How much did he owe you?"

The man replied, "5000 Karshi-Kumashana." So the son gave the money to him. He left. The son told his family what happened. This man went to another and said, "The rich man died. I went to his son and I asked money and he gave it to me. If you want money, go there, and say his father owed you money."

Many people came and all said the same thing. "Your father owed me money." The son gave each one what they asked.

Toorbaan tokko booda, namichi hoggaa abbaan ilma isaati dhaamsa dhamuu dhageeyfachaa ture sun dhufe. Duuba Ilma isaatiin sabrii Rabbi sii haa kennu abbaa kee walumaan dhabne je'enii. Garuu waan takkaan sii himuu fedha suuniis Abbaa keetirraahiin maallaqa qaba je'een. Ilmi jaarsaa hayyee siifin kenna meeqa irraa qabda je'een. Namichiniis qarshii 5000 (qarshi kuma shan je'een). Akkasitti kenneefi. Namichi maallaqa fudhate kun deemeetii akkataa maalaqa san arkatee namootan biraatiif hiime. Duuba haluuma saniin ilma jaarsa irra deemanii fuudhachuu eegalan. Oduma akkasitti kennuufi waan qaban fixatan.

Soon all the money he had was gone. The family was left with nothing. The son closed the store and went to look for work. He couldn't find work, so he took an axe and chopped wood in the forest.

Warri guutuun khasaaranii dukkaanaas cuufan, ilmi jaarsaatiis deemee hoji barabaduu seene Duuba tanuuma taatee takkahuu dhabe.Duuba oduum taa'ee yaaduutii, yaadnii tokko dhufeefii qottoo fudhatee gara gaaraa kuutee.Achii booda qoraaan gaaraa cabsee (foteeysee) gurguruu egale.

His wife went to the people and asked what could she do. They gave her dirty clothes and let her wash them in the river. So every day, she carried their clothes upon her head and washed them in the river. She would bring her two young sons with her and they played while she washed clothes.

Jaartiin isaatiis gandarra deemtee dalagaa barbaadu jalqabdee. Akkasiti dalagaa mana namaa tan huccuu xuriii miicuu arkatte. Huccuu walii qabdee joollee isii lamaan if wajji fuutee laga dheeyxee miicciti. Guyyuu hoggaa miicciitu jolleen isii lamaaniis lagarra taphachaa oolti.

One day while she was sitting by the river, a stranger came along. He stopped to talk with her. "You are so beautiful – why do you do this work?" he asked her. "What about these children? Are they yours?" She told him her story. After that, he came every day, sat with her and told her how beautiful she was. She began to fall in love with him. She sighed, "It would be good if you married me. But what about the children?" He said, "You can leave them with their father. That way he will not be lonely, and he will care for them." She thought and thought about his words and she longed to be free of her life of drudgery.

Gaaf tokko isuuma lagarra miccaa jirtu, gurbaan tokko deemaa
itti dhufe; bira dhaabbatee ati bareedduu tanaa maaltu huccuu
xurii tana si miiccise je'een. Ammas deebi'ee joolleen tunoo teeti
je'ee gaafate. Isiiniis ee joolleenis tiyya jetteeni rakko isii itti himte.
Gaafa san booda guyyuu dhufeetuma bira taa'ee bareedina isii itti
hima.

One day he came again, smiling and looking into her eyes. At last she said to herself, "He's right. I am so beautiful. Why should I wash clothes like this?" At that moment, she decided to leave the children and clothes in the river.

Isiiniis jaalachuu eegaltee akki ifiin jette dhugaa isaati jette.
Inniniis siin fuudha akkam jetta je'een . Duubo joollee tiyya
akkamiin godha jetteen.

Inniniis joolleen abbaa isaani bira haa jiraatanii je'een.

The children were playing when she left and didn't see her go. They came back to the river and looked for her. They talked together, frightened, not knowing what had happened to their mother, and not knowing where to go. They waited for their father, but he didn't come.

Akkasitti isiiniis maaltu huccuu xurii tana namiiccise jettee huccuu fi joollees lagumarra dhiistee jala kutte. Hoggaa namicha jala kaatee deemtu joolleen taphachuu turan.Waan takkalleehuu quba hin qaban eega taphachuudhaaa. Eega tapha fixatan booda joolleen hogga bakka haati saani teeysee huccuu miiccutu dhufan haati isaani hin jirtu. Joolleen rifattee walgaggaafatan way akkam taana haati teenya eessa kutte nuti kara deemnu hin beeynuu waliin jachaa ija faffacaasan. Abbaa saaniitiis eeganii dhaban.

21

It grew dark and two boats came down the river. There was a man in each boat. They called to the children and asked, "What are you doing?" The children answered, "We are waiting for our mother and we don't know where she is." The men in the boats looked at the children. At last, one said, "I will take one and you take the other." So they split the brothers up, and each took one.

Oduma achirra ta'anii itti dukkanaawe. Namni lama doonii wal
cinaa oofaa itti dhufan.

They traveled a long way down the river and at some point the river forked and each boat went its own way. The children waved frantically at each other until they could see each other no more.

Joolletti lallabani joolle maal gootan asii ja'aniin. Isaaniis haadha
teenya eegu jirra kara isiin kutte hin beeynee ja'aniin. ummanni
lameen suun joollee lameen tokko tokko addaan fudhatanii dooni
isaanii kaasatanii wal cinaa qaceelan. Oduma akkasi lagarra wal
cinaa deemani lagni bakka lamatti addaan baasee.

Meanwhile, their father came home from the forest. The house was silent and cold. Frightened, he searched everywhere in the house and outside. He ran down the path to the river. He saw the clothes by the river. Panic-struck, he thought the worst. "What can I do? My children and wife have died in the river. I have to die too."

Dooniin hoggaa kara karaa baatee obboleeyyan lameeniis wayi waldhabne jachaa harka waliti oduma olqabanii adda fagaatan. Abbaan saanii hoggaa gaararraa mana galu manni calii nama sodaachisa.

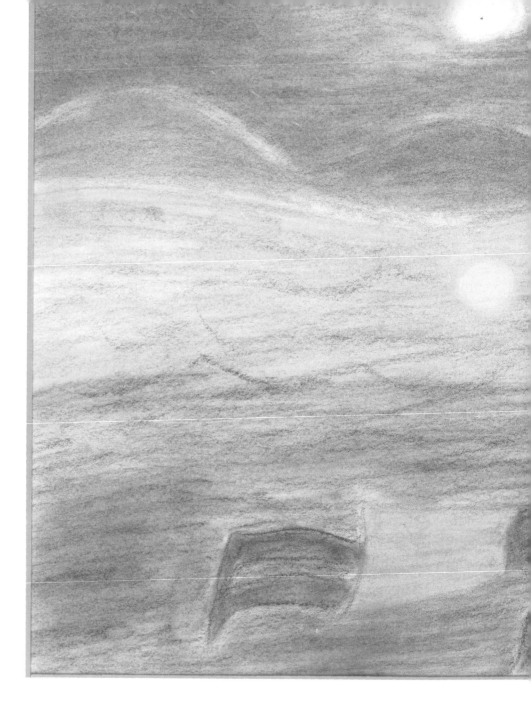

He jumped into the river and let himself sink deeply into the water. When he was at the bottom of the river, and thought he should be dead, a voice in the river spoke to him, "Don't worry. I will help you. Can you see this stick? If you take it and crush it like powder and put it in water, it is medicine for eyes. If someone has a problem with their eyes, they will be healed and see normally." The man asked, "How can I come out?"

Ilmaan isaatii fi jaartii isaa manaa fi alaas barbaadee dhabee fiiga gara lagaa dhaqee waan takka dhabe huccuu jaartiin isaa achirra dhiiste malee. Maraatee olii gad fiige .Joollee kiyya fii jaartii tiyya laga keessa lixanii du'an aniis du'uun qaba je'ee laga keessa if darbe. Isumaa laga keessa lixuu gehe sagaleen takka laga keessaa itti hasaaste. Akki jetteen ulee san ni arkitaa jetteen yoo ulee tana fuutee caccabsitee hurreeysite bishaan keessa neeyxe dawaa ijaa taati.

He came out of the river in another country. He started to work with people. He gave people medicine for their eyes. More and more people came to him. Anyone with a problem with their eyes would go to him. In this way, he began a new life of helping others.

Yoo namni ijji dhukubdu si dhufe akkasi dawaa gootee fii wallaanta jetten. Inniniis duuba akkamittiin bishaan kana keessa baha hogga ja'u biyya biraatiin behe;odduma hin beekiin. Biyya sanitti dalagaa eegalee hogeessa ija kan nama wallaanu tehe. Nama hedduu itti dhufee dawaa godhatee fayuudhaan

beekame.Haaluma kanatti odoo dalagatuu tujjaaree aduunyarratti beekame. Mana guddaa bitatee daleeyduu hedduuf dalagaa kenneefi mana inni itti nama haakimu dura toorbi ramadee dhukkubsattoota wallaanamuu dhufe tartiibaan akka isaan waldura dhufanitti ol naqa.

Many years passed. He was known far and wide for his healing work and grew rich from it. He bought a big house and had many servants from other countries. He always treated the people who came to him and those who worked for him with respect and kindness. He was in such demand, he couldn't go outside alone without security guards. Guards worked outside, directing people to wait in turn to be seen.

Guyyaa tokko ilmi isaa guddaan dalagaa barbaada deemaa dhufe. Manni kun mana abbaa isaa tahuu hin beeku ture. Toorbii bira dhaqee dalagaa gaafate. Toorbiin isumaa dalagaa hin qabnu je'ee deebisuuf akkuma nasiibaati abbaan gad behee arke. Ilma isaa tahuu hin beeyne. Toorbiin maal barbaada je'een. Dalagaa barbaaduu isaa eega hubatee hayye as dalagi je'enii dalagaa kenneef. Akkasitti ilmi isaa guddaan dalagaa arkate.

One day, his older son came to his palace, looking for work. He didn't know this was his father's house. He went to a guard and asked if there was by chance work for him. The guard said no, there wasn't. Suddenly, the father came outside. He asked, "What happened?" to the guard. The guard said, "This child wants a job. There is no job." The father said, "Come in. It's okay." So the son was hired to work as a guard, telling people where to line up when they came to see his father.

Two years passed. His second son came looking for work. He said to the guard, "I'm looking for a job." The guard replied, "We have nothing here." His brother felt sorry for him and went to his father. "I saw a young man ask for a job. He doesn't have a job. Is there something he can do?" His father responded, "Okay. He can sit outside and work with you." The elder brother was happy to have a young friend for company and the two brothers got on well together, never suspecting they were related.

Bara lama booda ilmi lamadaatiis deema dhufee dalagaa gaafate. Toorbiin dalagan hin jirtu hoggaa ja'uun ilmi guddaan dhaabbadhu je'eeni deeme abba gaafatee gurbaan dardaraa tokko hujii barbaada je'eeni. Abbaaniis hayyee hasuma si wajji haa dalaguu je'een. Ilmi xiqqaanis saahiba gaari kana arkachuu saati gammadee haala saniin dalaguu ture.

One day, the boys' mother came to the gate. She looked very different and she was blind. Her husband was leading her by the arm. He said, "If her blindness goes away, I'll give him everything I have." Her first husband didn't recognize her but he spoke to her kindly, telling her to relax. He gave her eyedrops in her eyes. She thought that his voice sounded like the voice of her first husband.

Oduma akkasitti jiraatanii gaaf tokko haati isaani deema dhufte. Heddu jijjiiramtee ijji isiitiis ballaa taate. Jaarsi isii ka lamadaa harka qabee dura deemaa waliin dhufan. Jaarsi isii kun akki je'e namichi ija nama wallaanu kun yoo ija jaartii tiyyaa naaf fayyifte waaniin qabu cufa niin kennaaf je'e. Hogga dawaa ijaa kennef qalbiin isii namichi isii wallanuu jiru kun jaarsa isii ka duraa tahuu beeyte.

Suddenly there was a loud noise. Everybody ran outside. The brothers were fighting at the gate. The younger one said, "You wouldn't be able to hit me like this if my brother were here." The father was startled. "What did you say?" The boy looked away, "It's a long story - - I'm not going to tell you." His father looked shocked. "Please tell me," he said. His son said," Okay, if you want the true story of where I came from." As he spoke, his brother began to remember all that had happened once more. Soon the boys were crying and realized they were brothers. Their father hugged them tightly, scarcely able to believe that his sons, who he had believed to be dead, were here in front of him. Their mother, listening to them speak, knew they were her own children, and she, too, was crying.

Akkuma tasaati, shoorarkaa fii lallabaan alaa kaate, namuu hoggaa fiigaa gad bahe jooleen lameen alaa wal lolu jirti. Ka irra xiqqa booyaa akki ja'u, "Silaa obboleeysi kiyya guddaan na bira jiraatee akkanatti nan dhooytu je'een". Dhiisaa oduu dheertuudhaa sii himuu hin dandayu je'een. Abban yaabo mee naaf himi je'ee ulfaan gaafate. Hayee je;ee hoggaa himuufi eegale obboleeysi guddaan duruun yaadatee akka obboleeysa isaa tehe beeke. Akkasitti obboleeyyan wal beekanii booyaa wali maraman abbaanis ilmaanisaa tahuu beekee itti marame kan duraan du'an je'e arkatee dhuga moo abjuudha amanuu dadhabe yeroo fuula saa duratii arku.

Suddenly, her eyes were opened, and she stared in amazement at her first husband and her sons. Someone asked, "Why is she crying too?" She said, "These children are my children." Her second husband, hearing this, was scared. He remembered that he had said that if she were healed, he would give everything he had. He knew how much she had suffered after leaving her family, and clearly she wanted to be with her sons and first husband. Soon everyone was crying. The second husband left her with them. They lived happily ever after.

Haati isaaniitis isaanuma akkasitti waliin haassowa dhageey fachaatuma ifkeessa boochii ilmaan isii fi jaarsa isii hogga if duratti arkitu hedduu gammadee dinqite. Namni biraa akki je'e isiino maalif boochi ja'aan. Jaarsi issi ka lamadaa hogga kan beeke ifitti rifatee sodaan keessa dhufte. Sababninii jaartiin isaa yoo ijji wallaanamte waaniin qabu cufa niin kennaaf akka je'e yaadatee. Akkasitti firraa isii jaarsa duraatiif dhiisee baafate. Haatii ilmaan lameeni wajjin jaarsa isii ka duraati wajjiin walitti deebitee gammachuu keessa walitti booyanii jiruu gammachuu harayatii taka ja'ani walin jiraachuu jalqaban.

45

CPSIA information can be obtained
at www.ICGtesting.com
Printed in the USA
LVIW020955130812

294094LV00001B